청어詩人選 481

고치와
애벌레의
궁전

송병호 시집

청어

고치와 애벌레의 궁전

송병호 지음

발행처   도서출판 **청어**
발행인   이영철
영업   이동호
홍보   천성래
기획   육재섭
편집   이설빈
디자인   이수빈 | 구유림
제작이사 공병한
인쇄   두리터

등록   1999년 5월 3일
           (제321-3210000251001999000063호)

1판 1쇄 발행 2025년 4월 30일

주소   서울특별시 서초구 남부순환로 364길 8-15 동일빌딩 2층
대표전화 02-586-0477
팩시밀리 0303-0942-0478
홈페이지 www.chungeobook.com
E-mail   ppi20@hanmail.net

ISBN   979-11-6855-333-0(03810)

김포문화재단
Gimpo Cultural Foundation

이 시집은 김포문화재단 지원을 받아 발간되었습니다.

고치와 애벌레의 궁전

송병호 시집

시인의 말

말씀의 무게가 무한의 사랑이라면
나는 당신의 사람입니다
무화과나무 목관에 새긴 내 말의 무게는 얼마나 될까

2025년 5월에

차례

2부 유배된 추상명사

3부 산사에서

4부 맨드라미 대관식

5부 돌아가는 길

해설, 추천사, 시평

1부

날마다 새벽처럼

살내음 홑바람은 그대인 줄 알았네
마음밖 애닳음만 머물다 떠날 거면
기별은
왜 하시는지
그냥 가실 일이지

동백이거나 목련이거나

무른 살 통증의 섬,
누엣결 화농인가

동백섬 눈썹달은 하얗게 저미는데

입술선
첫사랑 지듯
꺾이고서 더 붉은 꽃

바람과 숲과 운율,
첩경의 아지랑이

유혹을 은유하는 겨드랑이 간지러운

목련꽃
화사한 봄날
어여쁘신 누이여

홍도평 기러기 날고

흐릿한 그림자에 눈 씻어 바라다본
꽃등에 젖은 이슬 덧없을 꿈결이네
아득히,
얼비친 환영
타인처럼 안기고

살내음 홑바람은 그대인 줄 알았네
마음밖 애달픔만 머물다 떠날 거면
기별은
왜 하시는지
그냥 가실 일이지

추엽에 눈사위듯 사랑은 유려한데
동짓달 통증하나 노을에 등떠미네
홍도평
기러기 날고
살결에는 허리춤

무화과 나뭇잎의 청개구리
—자술서

해묵은 고백 하나 구름수레에 실린다

허공이 투명한 미개척 구간
촘촘히 소용을 훑지만 채워지지 않는 칸
서른을 세고도 몇 해 더
시간은 덩어리로 간다

움츠린 긴장은 혼자라는 묵인에
에는 살결로 대응했을 바람의 행적
새벽이 되도록 나는 없었다

햇살은 첨탑의 허리를 매
입술로 빚진 무릎을 눕인다

해름의 사면에서 어느 한 길
아무도 없는 곳에 혼자 서 있는 것처럼
그보다 여린 것이 또 있을까

못다 한 말 그 두려운 한 줄
영원도 지울 수 없을 지워지지 않을
무화과나무 목간에 새긴다

나는 당신의 사람입니다

드론의 날개로 지구 한 바퀴 돌아
—탄소중립

별이 꺾이자 엉겅퀴꽃 붉은 장례식장은
핏기 없는 조문객들로 정적을 숨기고 있었다
하수구에 목이 걸린 가마우지 체기 같은
모서리가 닳은 민들레꽃 홀씨 시간적 소멸처럼
회색 별에 질척거리는 목구멍의 증상은 중병에 가깝다
드론의 날개로 지구 한 바퀴 돌아
손가락 더듬이가 가리키는 바다의 섬
기형의 탈모증을 앓고 있다
에덴을 가출한 아담의 비보
정원의 이웃은 점점 모르는 사이가 되고
촛농 흘러내리듯 가파른 절벽은 언제 미끄러질지 모른다
슈퍼컴에 6기통 심장을 해체해 보지만
굴뚝의 폐수를 걸러서 기록한 연대기는
전문가의 비법에도 해석이 난해한 오독이 덤불이다
제 이름을 빼앗긴 무기수의 수인번호랄까
황량한 공원 박제된 사슴의 색 바랜 동공처럼
변칙을 수용하지 않을 네모의 공공公共
소나기 지난 뒤에야 탈수증을 앓을 것이 자명하다
어디서부터 환부를 꿰매야 할지
위성 안테나의 볼륨을 높여 긴급 수혈도 해보고
태블릿PC 자판을 타전, 극약처방을 써보지만

악성 동맥경화증을 앓고 있는 대기의 층층
복원이 쉽지 않다

미세먼지에 영정사진이 빠진 비상구
자기 장례식인 줄 알 턱이 없다

빈 상자

누구는 시적인 혹은 시적이다 그렇게 쓸 때 나는 난상의 상상을 비틀어 짠다 하늘의 기적들이 꿈을 꾸는 신생아실 갓난 천사들이나 시간마다 자기를 바꾸는 모노의 무대는 선이다 줄이다 금이다 그렇게 긋지도 않지만 혼이다 얼이다 정신이다 말하지 않는다

사유를 발아한 봄꽃은 바람 시린 통증에도 기어이 꽃을 피우는데 궁금하지 않은 달의 뒷면이나 은하를 횡단하는 뭇별의 경로를 셈하는, 그보다 간이역 벤치에 각인된 낙서 한 줄의 낭만이 더 그리운 날

시라고 쓴 시간적 간극이 거꾸로 매달린 유착에도 반복이 반복되는 것처럼 역설적 안전장치가 잠겨 있을 동안 뜬소문이 더 삭막하여 차마 허접한 내 한 페이지 어디에 쓰려는지 무늬뿐인 품평은 한데에 놓인다

낯선 나라 지도에서 빌린 시간의 처음은 무엇이라도 시작이 있듯이 침묵과 고요, 어둠과 적막이 같은 어원이듯 내가 시적인 혹은 시적 시를 쓰지 못한 것은 행간을 마주하는 민낯을 가릴 수 없기 때문이다

이를테면 내가 쓴 시라는 것이 너무 가벼워서 무엇을
시적이고 무엇을 시적이다 할지 상징이거나 은유이거나
뒤처지고 앞서는 그냥 그런 것처럼 서사적 관계에서 사고
실험思考實驗일지 모른다는 막연한 통증

클릭 되지 않은 바탕화면
시를 쓰지 않은 착한 하루가 지나간 자리
하얀색 표지의 여백이 눕는다

아하! 시적이다

시인과 시

시인은 이면의 계약을 발설하지 않는다

시는 대낮에 쓰는 것입니다
그래야지 무슨 맛으로 불술을 알겠습니까

시적 대화는 비장한 은유로 점철된다
당신도 모르는 배후에 무지개인 것처럼
비행운 석양에 겹치는 문양

그리움을 생산하는 것은
타인이라는 결핍에서 과잉된 관계의 부제
홀이나 홑은 누구라도 쓸쓸하다

햇볕이 비만의 구름을 쓱 베고 간다

푸른 허브와 붉은 향신료가
따로 무슨 맛이 아닌 것은
무색형광등이 발뒤꿈치를 받히는
자모음의 수사이기 때문

불향 타는 친필로의 설득을 소환한다

우연히 혹은 필연적 서간을 엮는 방식으로
시의 서문의 첫은 어떤 공식으로 발아할까

낮에는 시를 쓰고 밤에는 술을 마십니다
이것이 시입니다

무제일 때 더 흥미로운 눈사람
사투 중이다

밀담

서사가 서정인가
서정이 서사인가

풍문의 눈덩이는 겹겹이 여여한데

유념留念을
우리는 밀담
실어증을 닦는다

벽시계

오로지 앞만 보고 거침없이 나아간다
가는 길 의심않고 정한 길 후회 없다
영원을 개척해 가는
무한 밖의 선구자

삼대가 함께 사는 열두 칸 동그란 집
눈길 한번 주지 않고 제 길만 가다가도
희망봉 정상에 서면
우주사가 푸르다

각양의 열두 식구 때맞춰 챙겨주고
힘겨워 지칠 때는 떠밀고 끌어준다
풀리면 다시 조이고
새 역사를 써간다

화분을 신고 나르는 꽃잎처럼

시듦이 잦아들자 식별되지 않은 안팎 구름 양탄자에
실린 동시상영관 외눈 영사기 폐장한 정원의 편의점을 채
록한다 눈과 귀 그리고 흔히 그런 것들 고요해지기 쉬운
흔들의자 다소곳이 난청에 접힌 음향이 접히는 결, 불을
입혀 구워낸 꽃잎 차의 향 돋움은 무엇인가 올 삭은 비밀
을 놓아버린 눈물샘 수액에 섞이지만 원형 속의 타인으로
홑겹 꽃씨 하나 묻어놓은 빈방, 시간은 이동하고 어떤 이
름 몇 개 건져놓은 실없음이 시절의 뒤태를 이야기한다

초기화된 첫 페이지 빛과 사물
종이인형 눈꺼풀에 앉아
굵은 볕을 채집하는 오월의 길손은
백 년 만에 오시는 사막의 비처럼
비음 현악기 한 번도 열린 적 없는
더듬이 청각이 연애를 거는
사랑의 방식으로
반음 높은 연주회를 열 것이다

스스로 화장하는 계절의 습관처럼
겨드랑이에 화분花粉을 신고 나르는 꽃잎처럼
습작의 첫 운이 그런 것처럼
몇 음절 국경을 넘어 품평으로 가는 길

무인카메라

멋쟁이 선글라스 뒤뚱이는 하이힐
분홍색 숄더백에 반려견을 업은 여자
누군가 훑어본다고
생각이나 하겠어

군청색 정장 차림 빨간 나비넥타이
길거리표 인조가죽 백팩을 걸친 남자
누군가 훔쳐본다고
의심이나 하겠어

지하도 노스님의 애달픈 반야심경
지하철 이방인의 처절한 천국복음
누군가 지켜본다고
하느님도 모를걸

축등을 깁다
—祖江

혼자서 말을 쓰고 혼자서 걸어가는
몇 번의 계절을 더 베껴야 마침표를 찍을까
안부를 물어 바람에 쓴 문체
지문이 닳은 손가락 냄새가 난다

귀먹은 음영이 채록된 동족상잔 실록 한 페이지
엇나간 칼질로 각인된 형체 없는 문양 이산
옹이처럼 굳어버린 길이란 길 다 끊긴 시계에도
놓을 수 없을 연緣 우리
양팔로 맞이할 모두 내 살붙이다

같으나 같지 않은 금 없는 경계에서
해로를 잃어버린 70여 년의 여여
점자가 불을 켜는 푸른 방향으로 깨어나기를
문이란 문은 다 열어둔다

홀연 들꽃 들풀이 화음을 이룰 그 언제
두 물길 맞잡은 유순한 소沼 조강에 띄울
동그란 축등을 기워야겠다

설사 오랜 가뭄에 마를지라도

사모곡

황량한 굽이굽이 연민이 걸려있네
산포散布된 파편들이 뒤태를 복기하네
외줄의
단아한 변주
소리 없는 자화상

오월의 구름 꽃이 바람에 사위던 날
집 한 채 지어놓고 꽃이 되신 어머니
성긴 틈,
국화 한 송이
안겨드린 하늘길

천국이 따로 있어 언젠가 나도 가면
어머님 찾아뵙고 꼭 물어볼 말이 있네
어쩌자고
다섯 손가락
그리 두고 가셨는지

날마다 새벽처럼
—홀딱 벗고 새

뉘 집에 둥지 틀지 눈 흘겨 살펴보고
맨발로 무단 점거 낯짝은 홀딱 벗고
새가슴 조여 올 텐데
그 수밖에 없었을까

행색은 체면 없이 목덜미에 쏠리고
모성은 홀딱 벗고 문밖에 서성인다
제새끼 품지 못하니
부모치고 멋쩍겠다

바다와 대지와 물, 바람과 구름과 별
동서가 한 뼘인데 목마 탄 침실인가
더는 더 척하지 않고
홀딱 벗고 살겠네

*검은 등 뻐꾸기: 우는 소리가 '홀딱 벗고' 같다 하여 붙여진 이름.

2부

유배된 추상명사

해 저녁 산마루에 초승달 얹힐 무렵
늘그막에 벗 삼자던 빛 고운 인연도
기어이 지고 말 것을
하룻밤에 꽃잎 지듯

空은 無가 아닌 것처럼

맥을 풀고 회전하는 그림자
파수꾼의 새벽은 기도문과 동행하여도
동반이 실족한 세모의 과잉처럼
결핍의 새벽, 송연悚然하다

자음과 모음이 한 문장이라면
사람과 사람의 결은 예외가 될까
낯익은 표정 여럿 있다
국경을 넘어온 외다리 목각인형
지지대를 잃어버린 무지개

요행이 지배하는 공상의 틈
푸른 심장과는 달리 어눌한 맥박
초한楚漢의 홍청, 무례의 섣부른 차용은
외통의 패가 있다*
하늘이 시퍼런 것은 빛이 부서진 알갱이
자기 발가락을 핥는 광대, 이별연습 중이다

문명과 교양이 같은 편일 수 없듯이
쉼표가 더듬이가 된 층위
흙은 무라고 질문하는 공실 안팎
색깔도 향기가 있는 것처럼
누구는 돌아가고
누구는 다시 오고 그러면
죽어서 산 결을 소환 새판을 짜야 한다

봄 가뭄에 마름 같이
땅이 울면 하늘이 예하는
그런, 그렇게

*장기 수싸움

달동네 연가

볕이 반으로 잘린 늦가을 급작스런 소나기 파지 끄는 유모차에 실린다 역류하는 맨홀의 울음은 발달장애를 안고 태어난 오지 비스듬히 기운 전봇대의 헝클어진 전선과 깨진 창너머 재개발구역의 민낯 바람의 앵글로 채록 붉은 페인트에 섞인다

옛것은 꿈도 없을까 명랑한 별들로 다음을 예약한 세모의 이정표가 가리키는 거기 가난한 여자와 가난한 남자가 아이 낳고 담장 볕에 옹기종기 놀이터가 없는 놀이터 문 한 짝의 캐비닛, 죽은 척 차오른 목젖의 비읍은 하양이었다

하나뿐인 구멍가게 흘림체로 쓴 알림장은 표백되었어도 유년의 종종걸음 그대로인데 타다만 연탄재에 기댄 가파른 계단과 군데군데 피부병을 앓는 시멘트 고샅길 차례에 공평했을 공중전화부스 울고 웃던 무제의 실록 한 페이지

한 시대 전성기를 속주머니 자물쇠와 맞바꾼 장미다방 장마담 싸구려 웃음을 버무린 쌍화차표 연애사는 실금 간 찻잔에 각인된 입술자국처럼 슳다

같으나 같지 않은 금 없는 국경
아랫도리가 축 처진 길고양이
한 삽 습에 젖은 발가락을 핥는 해름

어쩌면 마지막 길처일지도 모른다
한동안은

세월이라는 것이 이처럼 가벼운데
―향수

남산에 해가 지면 마을어귀 감나무집
남포등 불 밝히자 하루살이 무도회장
어머니 청양고추 띄워
오이냉국 차리시고

소복의 뒷간 손님 대숲의 산도깨비
눈꺼풀은 무거운데 여직 오지 않고
툇마루 옹이구멍에
발가락이 낀 소슬함

마주친 바람 옷깃 숨결도 비껴가던
설익은 첫사랑은 어디서 행복할까
걸음이 포장마차에
한잔하고 가자하네

그때는 낭만이었네

해름의 노을 비낀
부여길 고속도로

꿈꾸듯 스쳐 가는 차창의 해그림자

핸들에
장단 맞추며
불러보는 고향역

반딧불이 얼굴 붉힌
샛강에 미역감고

누이들 별을 딴다 물세례 텀벙일 때

눈흘겨
훔쳐보다가
꿀밤 맞던 멋쩍음

고치와 애벌레의 궁전
—지하철에서

늦은 시간 한 겹 겹이 고치에 실린다

꾹 닫힌 침샘의 농도야 절대 고독
궁전의 별자리를 짚어가는 안목
타인을 침범하지 않을 우회로를 돌아
은하를 횡단하는 뭇별과 돛
불 꺼진 묘지를 걷는 축약된 잠언일까

상상을 분해한 부호와 주어가 낀 틈
AI를 모방한 5G주파수가 충돌하는
희극과 비극의 한 페이지
좁혀지지 않을 고래의 섬에서
고치가 화석이 되었다는 전설은
날지 못한 애벌레의 등뼈였다

흔들리듯 운율은 詩가 리듬을 타는 징검다리
별자리와 별자리가 섞이는 칸의 은유처럼
말 줄임 무르익어가는 걸상 다리 침묵의 행간,
극히 편파적인 Wi-Fi 증폭기

고독을 걸치고 앉은 마네킹
종이 인형 마디 꺾인 병동에서
픽, 고치 캔을 딴다

첫울음이 시동詩動을 거는
애벌레의 궁전
시차를 탕진한 말들로 환하다

중봉을 읽다

부산성 일만 팔천의 왜倭 거품을 문 파발의 행낭은 차라리 백지두루마리였으면, 의병장 핏발 서린 매의 눈 적장의 숨통을 겨눈다 다물정신의 시위 팽팽하다 흙의 성정을 접목한 성姓도 없는 죽창, 붓을 낫으로 구부린 선비의 철골, 속세의 구도 승병의 직설적 소임, 동에서 서에서 비화 번지듯 우국의 충정 하늘도 동했으리

전장은 먼 것 같아도 가까이에 있는 것

소복 입은 에미도 태를 품은 아낙도
정화수 떠 허리 구푸려
천 번 만 번 빌고 또 빌고
밤이슬 맞도록 왜의 목줄을 꺾고 또 꺾었을 것이다

이름도 없이 땅 딛고 하늘만 섬긴 민초들
만세에 길이 빛날 유현의 시호 칠백의사의 넋
금산뻘 연곤평의 초혼이여

삼백 년도 넘을 느티나무 곁 우저서원
노을을 섞은 볕의 은유 적막하니 고요에 든다

감정동 북변을 휘감는
고고한 저 위엄
환유마천령 중봉을 읽는다

*조헌(趙憲. 호: 重峯 1544~1592): 경기도 김포, 조선중기 문신으로 의
병장.

문맹의 교시
―폐교

꿈꾸던 푸른정원
잡초만 무성하고

성대를 잃어버린 종소리 녹슬었네

칠판은
글을 모르니
문맹으로 살겠다

귀향

한걸음 가까워진 편찮은 분리처럼
시작은 여기인데 별섬이 저기라도
결국엔 다 가더이다
천리길 마다않고

해 저녁 산마루에 초승달 얹힐 무렵
늘그막에 벗 삼자던 빛 고운 인연도
기어이 지고 말 것을
하룻밤에 꽃잎 지듯

정거장은 많은데 내릴 곳은 어디일까
가다가 다다르면 초록하늘 보이겠지
오늘도 새 꿈을 싣고
간이역을 떠나네

혹 저를 아시나요

—나도 시인

내가 사는 50만 동네에 시인은 몇이나 될까 까보면 시
인이고 줍고 보면 시다 로댕의 생각하는 사람 첫 이름이
시인이라는데 고추잠자리가 시를 쓰고 귀뚜라미가 시를
읊는다 이쯤 나는 시집을 지어야겠다 필연 유성이 훔쳐
볼 내 취향의 침실도 꾸미고 하늘 이슬로 추엽秋葉에 버
무린 오첩 낭만도 차리고 상거相距가 먼 발자국 소리에
귀담는 첫 줄 첫 페이지 시인 동네가 꿈꾸는 시의 무모함
까지

거울 속에 비친 비밀을 들킨 적이 있다
그윽이 흐르는 와인의 본명이 포도인 것처럼
동에서 서로 흘러가는 것은 쳇바퀴의 고전인데
나는 시의 시제일 뿐 주어가 없다

문득 시의 형상은 무엇의 형질일까
볕이 구름을 베고 우산살을 펴는 왜소한 시선
혹은 상상의 공상을 갈아입는 무형의 틈
아니면 불량배처럼 떼로 몰려다니는 바람결
그도 아니면

혹 저를 아시나요?

놀빛 타는 관계의 문을 젖힌다
훔친 문장 몇 개 정도 다 가지고 있을 시작詩作

나는 첫 운을 뗀다
내 차례에

李箱과 이상한 理想論
—이상론 단상

도수 높은 검정테안경에 팔자콧수염이 이상적인 노강사의 화이트보드 전용펜은 과속 중이다 이상은 양파다 양파는 이상이다 이상한 말을 한다

젊디젊은 나이에 이상한 글을 쓰다 이상을 펴보지도 못하고 이상을 따라간 것이지요 불확실한 시대의 이상을 추구한 펜촉의 투사는 그야말로 치열한 원고지 전투에서 수학의 기호 같은 이상한 공법으로 공격 아군이고 적군이고 구별이 난해해 안팎을 몰라요 빨주노초파남보 무지개가 한통속에서 난 형제라는 것을 빼고는

강의는 한참이다 서울사람이라 그렇다니 일제니 독립이니
RPM은 치솟고 달변은 번다하다

理想과 李箱에 대한 이상한 논리랄까요
선생님 생각은요?

(치아를 세운 두더지의 낟알과
콧등에 걸친 민낯의 안경 너머)

정의라고 해둡시다
시작과 끝이 같은 역사적 난제

이상 강의 끝

(밖이 안이고 안이 밖이다 문법이 뭉개져야 문학이다
윤○술 국어선생님 마리아나해구보다 더 깊은 것이 시의
이상이라는데 불린 오징어 껍질 씹는 꿉꿉함 나로 시인의
이상은 어떤 질감일까)

억지로는 모를 일이다

*이상李箱(본명: 김해경金海卿 1910~1937 서울): 일제강점기의 시인 작가
소설가, 수필가, 건축가로 한국의 대표적인 근대 작가이자 '기성의
예술 관념이나 형식을 부정한 혁신적 예술을 주장'한 아방가르드
문학가로 더 알려져 있다(네이버).

구름을 베는 햇살처럼

청량한 빗살무늬
추엽에 흩날리고

해를 문 구름 한 점 널따란 하늘호수

홑겹에
파고드는 품
낮달 속에 회리바람

악착같이

수신기 엇박자에
달팽이 무단횡단

갓길에 멈춰서서 주파수 맞춰본다

훑고 간
장마 끝자락
이정표는 없는데

베란다 끄트머리
실외기 단독주택

열대야 어쩌라고 황조롱이 둥지 틀고

에어컨
애끓는 홑창
언제까지 버틸까

유배된 추상명사
—사랑이라는 말

성체聖體의 말씀이 오감이라면 지체의 말은 재단의 밑
밥으로 미완의 추상명사일지도 모른다 신의 수사를 짜
맞추며 사막을 횡단하는 히브리 노예의 유배지 시온성과
무지갯빛 밀담을 되새김하는 언약의 흔적 수읽기일 뿐

언제 쓸지 모를 보험 같은 예언적 서사는 성대 잃은 유
기견의 울부짖음, 새벽을 조립하는 파수꾼이 아침을 기다
리는 암호문에 천사와 사탄이 한편이라고 품위를 상실한
여린 달빛 문고리에 심지를 돋워보지만 캄캄하다

문득 삼층 하늘에서 봉인된 신의 수사
구름 기둥의 경로를 재탐색 초기화해보지만
명사의 망명지는 이정표가 없다

새 언어를 캐낼 수 있다면
그렇게 할 수 있다면 극지의 절반 혹은
유배지 변방에서
마주할 가나안의 긍휼

사랑이라는 말

3부

산사에서

바람과 구름과 사리탑과 푸른 합장
적송에 비낀 노을 커가는 해그림자
주지승
저녁예불에
깨금발 선 청설모

검은 돈

꾼들이 귀엣말로
지각을 판짜는데

여기는 텃새 마당 저기는 철새 마당

사임당
볼멘 목소리
자존심 좀 살려줘

양과 염소

그는 사상가도 아니고 철학도도 아니고 그렇다고 운동권도 아니다 겨울은 검정고무신에 국방색 카파를 입고 여름은 흰 고무신에 소매긴 체크무늬셔츠를 입고 조금 눈에 띄긴 했어도 그냥 그런 청년이었다

그런 그도 졸업을 앞두고 생존이라는 실제상황에 맞닥뜨리자 이전과 사뭇 달라진 것이다 오렌지로 탈색을 도모한다 정장에 맞춘 드레스셔츠 그리고 정연한 헤어스타일

외견을 중시하는 현실에서 가치로 자기를 들어낸다는 것이 체질상 맞지 않을 그에게도 생성의 고민이 동한 주머니가 필요했던 것이다 값의 소용이 그러하듯이 흥정을 팔아야 했다

어디서부터 과장되고 왜곡되었는지
의문도 부정도 공허일 뿐
어제는 지나갔고 내일은 불확실하고
오늘은 타인으로 산다

허영이 소비되는

산사에서

바람과 구름과 사리탑과 푸른 합장
적송에 비긴 노을 커가는 해그림자
주지승
저녁예불에
깨금발 선 청설모

대웅전 달빛모아 단청을 채색하고
듀엣의 염불독경 속세를 정화하네
부처님
눈썹에 꽃핀
우담바라 바람꽃

첫사랑 이야기

새벽은 이슬처럼 흘림체로 내리고
유순한 덧니미소 아련히 스며든다
손끝에
흘린 화선지
미완성의 사랑도

황혼이 흩날리네 초록이 하얘지네
판도라 상자 안의 연분홍 와인터널
휴대폰
사진 몇 장이
편집되고 있었네

세밀 은유
―점괘

상대성 은유이거나 상징이거나
근엄한 배후, 수 나누기의 고수

새 부리와 손금의 미로를 접목한
잡다한 카드 한 장 역설적 수작을 건다

맞히면 좋고 놓쳐도 그만이지만
버무려진 상흔은 쉬 읽을 수가 없다

DNA의 유전적 밀담일까
혹은 진화된 낱장 젖히기?

한 손이 한 손을 기억하지 못하는 것처럼
서문의 부호는 쉽사리 눈에 띄지 않았다

허옇게 탈색된 시래기가
파릇한 무청이 아니듯이

명태가 할복한다고
북어가 되는 것도 아닌데

단답치고 출처가 분명치 않은 것은
세밀 길잡이로 내일을 점칠 수 없는 까닭이다

익명이 산재한 무제에서
딱 부러진 단수의 패覇

퍽 좋습니다
내내 형통하구요

길을 묻다

마리아상을 등진 갓길에서
낯선 여자와 대화하는 노신부의
가운자락 사이로
저녁 황혼이 포근히 내린다
길을 묻는 길손과 가르쳐주는 사람
내 시선이 그들 곁에 바람처럼 머문다
들리지 않아 볼 수 없는
간섭하고 싶어서
엿듣고 싶어서

예배당 마루에 무릎을 모은다
크리스털에 각인된 고난의 그림자
저녁 미사를 부르는 종추의
중심이 가늘게 떨고 있다

별이 쏟아지는 창 너머로
한 줄로 내리는 유성은
길을 안내하는 첨병일까

신부나 길손이나
길 잃은 양이 아니기를
두 손을 모은다

아버지의 집

침 발라 꾹 눌러쓴 색바랜 내 일기장
거나한 아부지 품 누가 먼저 안길는지
손에 쥔
알사탕 몇 개
달려들어 붙들리고

아득히 걸어오신 등짐 진 무게처럼
돌계단 비틀리고 굳은 땅 쓸려간 터
더듬듯
헛기침 자국
달그림자 드리운다

끈끈을 다잡으며 미간에 새긴 이름
찬바람 비 젖을세 옷깃에 품으시고
덩실한 건축물 한 채
바람막이 되셨다

만년필

두 갈래의 삽날
나눠 쓰면 풍문이 되고
묶어 쓰면 복음이 된다
당신이 쓰면 사랑인 것을
내가 쓰면 무엇일까
가브리엘과 루시퍼가 한편이라고
모으면 에덴
흩으면 아골 골짜기
재능을 더한 사람이나
모자라 보탠 사람이나
시온성 국경 앞에 서는 날
흘림체로 쓴
순례자의 마침표
차마 두려워서

궁리 끝에 나는
나를 쓰기로 했다

지구 안의 내 지분

나만은 의롭다고 스스로 자만하나
땅 딛는 부끄러움 알 턱이 없어서
어쩌다
뒤돌아보면
부끄러운 내 발자국

한날이 힘들다고 죽자고 살아갈까
심장이 터진다고 거품이 구술될까
내 지분
채워가는 칸
하나뿐인 유적지

빗속을 걷는 토요일 오후

사랑에 대한 의문은 뭉긋거리는 구름 같다 강대상의 전도자는 나를 지옥에 보내려고 무덤을 파 뉘이지만 여전히 낯설다 나는 근엄한 어린 양의 아픔을 애써 부정했다 찢긴 휘장을 비켜온 울대의 울음도 하늘에 닿기까지는 침묵할 것이다

꾸다 만 꿈처럼 뒤엉킨 부연 그림자 스스로 정할 수 없을 육신의 어머니, 새벽 마루에 무릎 꿇는 여린 관계에서 목걸이 체인에 매인 형체를 알 수 없는 어디쯤 그분은 사랑에 용서하시고 나는 내 상관相關에 관대할 것이다

방목된 나를 찾아온 한 줄 빛
사랑은 용서가 아니라 하신데

주님, 사랑의 아버지
사랑도 두려움으로 해야 하는 나는
나는 은혜 입은 죄인입니다

4부

맨드라미 대관식

動의 존재의 본질은 時인데
靜이 추구하는 것은 詩인 것처럼
왜 집착은 착란처럼 슬픔을 생산하는지
삼월의 함박눈도 그렇고
시월의 흑장미도 그렇고

시집을 짓다

계절을 베끼는 손 소슬한 바람의 귀
시인은 한결같이 낱장에 시를 쓴다
비 머문
고래산 등에
쌍무지개 둘렀다

누이야 언어를 캐 시집을 지어보자
정원의 박꽃달빛 옷깃에 품어온 말
꿈꾸듯
움 터오는 결
화첩 안에 맴돈다

봄볕은 유순하고 입술은 꽃을 따네
화관을 둘러 엮어 시집을 엮어보자
바람결
날개의 둥지
밤에 쓰는 진통제

찻잎의 방문

한데 바람이 맨살을 벗으면
새벽녘 체온은 알람을 젖힌다

겹을 흘리는 춘월의 움
볕에 걸터앉아
시간적 경로를 셈한다

불은 장작을 가리지 않는데
흰 단어 몇 개 붙들고
마지막 잔고라는 시인의 말

늦게 도착한 눈발 두엇
화덕 닦는 냄새가 난다

고장난 타자기

은사님께 초청장을 보내려고
박물관에나 가 있을
전동타자기의 찌든 먼지를 털어낸다

어쩌나 고장이다
받침 'ㅇ'만 작동한다
얼마 전만 해도 종이를 끼우고
먹지를 때려 쳐냈다

과제물의 일등공신
취업현장의 전신갑주
비서실의 꽃
예, 아니오 조사관과의 힘겨루기
타자기는 죽고
글자체만 살아남았다

종경하능 교수닝 앙녕하싱지요? 저의 땅자싱이 이벙에 대항교 정녕트랭교수로 잉용되엉승니다. 오능 12웧 12잉 (웧요잉) 오후 장충동 S호텡 라영항싱당에서 조총항 저녕 싱사룽 중비하엿승니다. 함께 해주시명 강사하겡승니다. 앙내장응 따로 보내드리겡승니다. 홍시 몽라 제 영랑처잉 니다. 010—3744—2516

참 다행이다
금방 알아보셨단다

이면의 서사

시인은 이면의 계약서를 발설하지 않는다

시는 대낮에 쓰는 것입니다
그래야지 무슨 맛으로 불술을 알겠습니까

시적 대화는 비장한 은유로 점철된다
당신도 모르는 배후에 무지개인 것처럼
그리움을 생산하는 것은
타인이라는 결핍에서 과잉된 관계의 부제
홀이나 홑은 누구라도 쓸쓸하다

햇볕이 비만의 구름을 쓱 벤다

푸른 허브와 붉은 향신료가
무슨 맛이 아닌 것은
무색형광등이 발뒤꿈치를 받히는
모자음의 수사이기 때문
불향 타는 친필의 설득을 소환하고
우연히 혹은 필연적으로 겹친 서간을 엮는 방식으로
시의 서문의 첫은 어떤 공식으로 발아하는지

낮에는 시를 쓰고 밤에는 술을 마십니다
이것이 시입니다

사유가 멸망한 어젯밤
눈사람은 사투 중이다

초혼
—5 · 18 국립묘역에서

백지에 쓴 행간은
검게 탄 민낯인가
혈혈도 빛을 잃은 생면의 이방인가
흙바람
휘몰아치는
시선밖에 날 선 검

차마차마 애처롭다
꽃등에 조시 한 줄
속곳의 얼룩지운 '임을 위한 행진곡'
생육신
거두지 못해
떠다니는 뭇별들

상흔이 어지러운
빛고을 붉은 날빛
아득히 여린 숨결 초혼을 호명한다
광명한,
호흡을 트는 날
비둘기로 날으소

새날 새 아침에

한 걸음 가까워진 편찮은 분리처럼
시작은 여기인데 그 끝이 어디라도
필경은 가시더이다
천리길 마다않고

해 저녁 산마루에 초승달 얹힐 무렵
늘그막에 벗 삼자던 빛 고운 새 인연도
기어이 지고 말더이다
하룻밤에 꽃잎 지듯

구름에 실려보고 바다에 띄워보고
이슬에 불꽃 사위듯 촛불에 바람 스치듯
흐린 날 주점에 앉아
먼 하늘만 바라보네

정거장은 많은데 내릴 곳 어디인지
가다가 다다르면 초록하늘 보이겠지
새 아침
새 꿈을 싣고
간이역을 떠나네

화술을 보수하다

버티는 키 작은 들꽃을
이른 볕에 사라지고 말 안개처럼
눈 깜짝은 미학이라고
참새의 눈물을 씻어주는
누구

현관의 걸어둔 시간이 도착한
짜장면, 진화된 초코파이의 변명
웃자 울자 놓지도 못하고
차라리 술 한잔 어떠냐는
능숙한 동심動心에
혼자가 더 좋은
연습해도 안 되는 오늘
왜 시를 쓸까

꽃병에 꽂은 달팽이의 비음
시간이 모자라서 못 채운 재료
살 수 없는 시를 짓는 명장
탓한다는 말은 그냥이 아니다

오늘은 낡은 개보수를 해야겠다
그런 것들을 널려 모아
낭떠러지 뒷걸음으로
생각의 감정이야 태도일 뿐
끝을 내야겠다 내야 한다

타지의 화술로

그러하듯이

아이스크림이 청량해도
바코드가 읽히기 전에 자기를 잃으면
그냥 내려놓아야 한다
절반은 해석이 난해한 것처럼
당신이 모르는 배후
단순히 호기에 대한 견해일 뿐
가능이 잠식되어 갈수록
선험이라고 말하는
인식은 미진微震과 같아서
어떤 형태로 생산되든지
장인의 산술로 채워진다

짧은 호흡을 이식한 행간이
시가 될 수 없듯이
사별이 빚은 온기에
뜻밖에 맞이한 신맛의 오금처럼
권력이 되려는 시인이거나
한날로 발길질하는 잔고에
때 늦은 끝이거나
접는 시작이거나

습작

풍뎅이 끼어드는 환한 밤 은하저편
별똥별 스쳐가는 비좁은 음절 사이
조밀히 우주에 널린
문장을 세고 있다

굼벵이 발바닥을 뒤집는 재주 정도
시인의 상상치고 간결함이 하나 없네
아프게 읽지 못하니
문맹이라 하겠다

사기史記야 변칙으로 조율이 된다지만
한밤중에 방문한 관절염 눈물 몇 방울
헌신짝 늙어가듯이
쓸모없을 휴지조각

서간을 뒤척이다 찻잔의 숨은 사유
환장할 숯 검댕이 어둡고 생경하다
담뱃불 입술에 젖은
볼살 말린 환한 방

맨드라미 대관식

맨드라미 계관식이 환하다

부전나비 화환을 읽는 교향악
사물들의 얇은 음계에
높은 가창력으로 시동詩動을 건다

방문을 마주한 천일홍 하늘나리
이국의 언어가 그리움에 섞이는 동안
낭만이 앉은 벤치는 시가 된다

動의 존재의 본질은 時인데
靜이 추구하는 것은 詩인 것처럼
왜 집착은 착란처럼 슬픔을 생산하는지
삼월의 함박눈도 그렇고
시월의 흑장미도 그렇고

간이역을 배회하던 꽃의 언어
깃털홀씨의 방문
내 것으로 내 것이 아닌
매파 꽃술에 취한다

초승달 여섯 시 방향
바람의 모서리에 기대서서
시들지 않는 사랑, 치정이면 어떠냐*
분칠하기도 바쁜
초원의 끝에서

*맨드라미 꽃말

파수꾼의 송가

빛은 촘촘히 엉긴 나이테로 천년의 현을 두른다 경經에 사람의 연수가 칠십이요 강건하면 팔십이라는데 한 백년쯤 지났을 원고지 셈을 센다 추엽에 술항아리 익어가는 시인의 서사일까 화장하지 않은 민낯의 시로 태어나면 좋겠다

요약된 날숨의 외길 530415, 의도적인 밀담의 특종은 막을 방법이 없다 출처가 드러난 유혹이나 흥정은 동의어라고 첫 문장이 발현되지 않는 원고지처럼 바람에 밀린 구름의 깃, 특종과는 달리 마른 침묵은 깊다

문득 지혜로운 청지기의 의도적 사유가 슬픈 것은 스스로의 역정에 자술서 쓰듯 혹은 최후진술을 토해내듯 청지기로 서른여섯 해, 그분은 나를 쓰시면서 얼마나 힘드셨을까 어쩌면 애굽의 국경에서 선택은 그분을 향한 두려움이었을 것이다

하루 만에 가난한 지출목록 살피듯이
잃어버린 정오의 그림자로 나를 본다는 것
진통이나 통증이나 한 뼘 남짓인데
잡목 더미 조각 불씨로 새벽을 여는

깔끔한 시
단아한 착한 시

시인과 시

뭇별은 돛을 띄워
은하를 건너가고

시인의 손끝에는 상상을 도모하네

풍문이
소곤거리는
별자리의 언어들

시 한 수 지어놓고
자판에 눈곱 씻고

겉치레 화려해도 글귀는 소경이네

아프게
읽지 못하니
문맹이라 하겠네

5부

돌아가는 길

기억의 저편

베란다 창문너머
황혼이 걸려있네

세월의 주마등은 낱장을 펼쳐보네

반듯한,
석고상 하나
이름 없는 자화상

종심은 시오리 길
움푹 파인 내 발자국

갓길에 흘린 사랑은 그대로 사랑인데

그득히,
달빛 한 조각
눈시울에 적시고

장염을 앓다

도라지꽃은 붉었다
사과의 심장이 뒤틀린다
바람 불어 꽃은 지고
뒤태는 압력밥솥처럼 난亂이다
다리를 꼰 널빤지
출구는 방향이 없다
갑자기 그야말로 갑자기
과잉에서 비롯된 아픔의 신전
뒤틀리고 엉키고 거칠다
악성종양은 평평하지 않다
간섭받지 않은 언어처럼
직관적 결핍처럼
할 수 없는 것으로의 상실
꺾어 신은 운동화
사선射線에 놓인다
비워야 채운다는 오독
뒷문 결을 잠근다

극히 편향적인 서평

다작은 준작이 없다. 맞다. 맞는 말이다. 나를 두고 한 말이 맞다. 10년여 4권을 냈으니 시집은커녕 그도 글이냐고 수작 걸지 않은 것만도 다행이다. 아니다. 어쩌면 제 얼굴에 침 뱉기니 그리 말할 수 없을지도 모른다. 그도 맞는 말이다.

　돌이켜 보면 쓰는 것만 알았지
　설 자리는 법을 배운 적이 없다
　가르쳐주지도 않았다

　단체 사진 속의 나는 맨 뒤에 있었다

지번이 끊긴 낭떠러지는 출구가 아니다. 간절함이 새벽을 깨우듯이 홑잎의 이슬과 볕, 새것은 그냥 새것이 아니듯이 종료의 알람이 가장 완벽한 시작始作인 것처럼 시작詩作의 속도는 사물의 사유를 사유한다.

바람이 궂은날 젖은 시야를 밝히는 촉의 눈으로 난파 실험에 배를 띄우기도 한다. 한날 삼분의 이는 사생활의 간 보기 이를테면 입맛이나 밥맛이나 말맛의 어성語聲일 뿐 비전문가는 그렇게 차용하고 인용한 것으로 그러한데 점자로 쓴 시의 방향은 극히 편향적이다.

　혹 무제의 혼?
　살아가는, 살아남는 공모에
　처음은 마침표가 없다

이목耳目

페인트가 딱지 앉은 중앙선
경계라고 하자 굳이
잃어버린 지번을 기억하지 못해도
무지개는 양날을 쓴다

중심이 끌린 물길이
빠져나올 수 없는 모래 숲
안개의 미로에서 손사래를 쳐보지만
겹겹을 넘는 일 쉽지 않다

반토막이 유기된 토요일
고맙다는 인사만으로는 모자란 부분
과장과 익살로 읽히는 시처럼
시를 써보지만
간혹 숨이 차오르는 맥박은
날카로운 심장에서
신트림을 토해내는 알코올의 신음 같다

난 것도 모르는 갓난아이처럼
다투어 호흡을 흡수할 뿐
이목耳目은 시간의 수數인데
요 며칠 나를 수정하지 못한 나는
죽자고 살까

무엇이라도 잦으면 춥다

뜰안채

오전 11시 30분 출입문이 열리면
한 줄로 선 발꿈치마다 종종걸음으로 밀착한다

근엄한 퇴계선생 석 장과 맞바꾼 입장권
그리고 식판 한 벌은 덤이다
어린아이처럼 배식구를 바라보는
저 여리고 유순한 차례
거반 일흔 안팎 어르신이다

한날의 기쁨이 온유한 동그란 밥상
조금 더 주세요 너무 많아요 적당히 주세요
조금 많이 조금 적은 것이야
요만큼 없으면 되고 이만큼 덜면 된다

우문의 현답은 역설과 같아서
삶에서 적당은 얼마의 값일까

한가득 맛샘 향기에 담고
둘러보는 빈자리 서둘지 않는다 다투지도 않는다
더불어 마주한 발자국마다
한 시대를 걸어온 당신과 나

배곯던 설움이 엊그제 같은데
이처럼 충만한 성찬이라니
이 얼마나 빛나는 축복인가

반겨 찾는 길손이나 섬겨 맞는 손길이나
오늘도 안채는 감사로 만삭이다

*뜰안채: 김포시노인종합복지관 구내식당

조강祖江

한강은 오천년을
서해로 바다인데

해로를 잃어버린 뱃길은 어드메뇨

프리존
물길 트일 날
내 살붙이 맞으리

청량한 천혜운양
애기봉 표적비에

한강수 하늬바람 오늘도 새날이세

두 물은
모아 섞는데
하성아재 망향가

*조강: 경기도 김포시 하성면 한강하구 공동자유경비구역(프리존)

땅끝까지 이르러

햇볕에 솜눈처럼 새하얀 와이셔츠
사선의 붉은 줄무늬가 단아한 넥타이
그리고 하트 카드도 한 장 있다

지도해주셔서
감사했습니다

그건
내가 해주고 싶은 말이라네
고마우이 장군

자네가 선택한 그 길은
세상이 주는 명예의 길이 아니라네
땅끝에 이르도록
외길을 가야 하는
고난의 짐이라는 것을

참으로 장하이

추엽을 덖다

마른 장작이 불꽃을 지피는
차 한 잔 그리운 날
시린 바람이 어깨를 툭 밀친다

떼 지어 몰려다니는 바람은
비만의 구름을 쫓는다

상상은 무제나 부제나
묶음이 도약하는 미궁의 밖

영원이 될 수 없는 것처럼
스스로 길을 터 가는 물길은
질그릇의 보배일까

목간에 각인된 토기장이의
미완의 서사
비밀의 간을 빚는 산고에
화덕은 울어대고

추엽을 닦는 유념留捻

새것이다

이번 시집 『고치와 애벌레의 궁전』은 해설을 따로 내지 않고 그동안 나온 시집에서 백인덕(시인), 정문영(시인), 김학중(시인) 김부회(시인·평론가), 박성현(시인·문학박사) 등 몇 분 선생님들의 해설을 간추려 대신하였습니다.

해설

『가령 무제의 입장에서』

오래전 놓아두고 온 것에 대하여

김부회(시인·문학평론가)

송병호 시인의 시집 초안을 받고 한참을 망설이다 정독을 했다. 시인이 추구하는 시 세계라는 다소 거창한 이름으로 맥락을 분석하고 시적 알고리즘을 찾아내는 것이 서평의 본질이라는 생각으로 시를 읽다가 문득, 형태적이거나 관습적인 것이 아닌, 그 외의 것을 소유한 시인의 시적 미각이 눈에 들어왔기 때문이다. 무제라는 말은 쉬우면서도 어려운 단어다. 마치 이름이 있는 사람과 없는 사람의 차이와 같은 말. 제목을 붙일 수 없거나 제목이 필요하지 않거나 제목에 연연하지 않고 싶을 때 무제라는 단어를 쓰기도 한다. 몇 년에 걸쳐 송병호 시인이 발간한 시집들 『궁핍의 자유』『환유의 법칙』『괄호는 다음을 예약한다』의 세 권의 시집 속에서 시인이 말하고 주장하는 것은 인간의 본원에 대한 문제 제기와 근본 속성에 대한 것들이 주류를 이루었다. 때론 강렬하고 때론 인본적인 시인의 눈길이 멈춘 지점에서 시가 발아되고 사유와 사념의 저변을 꽃 피운 것이 핵심일 것이다.

시인이 목사라는 사회적 공인의 직업을 가진 것이 이유라면 이유일 수 있을 것이다. 하지만 직업이 모든 송병호 시인의 글을 대표하는 것은 아니다. 또한 시인이 살아온 삶의 궤적이 신앙을 바탕으로 정직과 절제라는 종교적 규범과 사회적 규범의 엄격한 잣대를 완벽하게 준수한 것도 아닐 것이다. 시가 시에서 멈추지 않고 삶으로 파고들어 삶이 되고, 그것이 다시 오래전 놓아두고 온 것들에 대한 소회와 반추를 통한 성찰의 과정을 거치는 선순환의 연결고리가 보인다. 어쩌면 그것이 송병호 시인이 네 번째 시집을 통해 우리에게 전달하려는 『나눔』이라는 목적을 염두에 둔 정신적 배려라는 생각이 든다. 시집 속 내용을 하나둘 읽다 보면 이 가을의 깊이에 딱 맞는 새로운 각성의 무게가 내게도 생길 것 같은 느낌이 든다. 오랜만에 제법 무게 있는 시집을 대한다. 화려한 언술이 아닌 따뜻한 감각의 제국과 같은 시의 성찬에 잠시 참여해 본다.

「위로라는 말」의 시를 다시 읽고 한다. 남의 괴로움이나 슬픔을 달래주려고 따뜻한 말이나 행동을 베푸는 것을 위로라고 한다. 위로의 사전적 정의를 써놓고 보니 위로가 안 된다. 좀 더 위로에 맞는 말을 생각해 보면 옆에 있어 주는 것, 말없이 들어주는 것, 따뜻한 눈으로 상처를 보듬어 주는 것, "술 한잔" 부탁하면 따라 주는 것, "절반쯤 남은 잔을 채워주는 것", 본문의 결구처럼 "그저/한 잔 더 따라 주는 것"이 위로의 본질이라는 생각이 든다. 위로는 내가 높은 자리에 있을 때 성립되는 것이 아니다. 동등한 자리, 동등한 위치, 같은 결, 같은 간격에 놓여 있을 때 성립되는 것이다. 위로의 자리는 연단 위 높은 자리가 아닌, 무릎 꿇고 앉은 예배당 싸늘한 마룻바닥이다. 묻지도 않아야 한다. 질문은 더욱이 필요 없다. 왜?라는 말도 사용하지 않아야 한다. 베풀거나 나눈다거나 하는 위치의 전이가 있어서도 안 된다. (그저)'그저'라는 말이 필요할 뿐이다. 달리 다른 행동이나 말을 하지 않은 채로 그냥, 그저 그냥일 때 위로는 위로가 된다. 시편에 말처럼 "인생사 여덟 글자(生老病死吉凶禍福)"에 무슨 이유가 필요할까? 다만 살아가면서 받아들여야 할 숙명이고 운명인 게지 하면 받아들여지는 것이 길흉화복이며 생로병사라는 생각이 든다. 태어나면서 손에 쥐고 나온 것이 없다고 하지만 결국 쥐고 태어난 것은 길흉화복 생로병사라는 여덟 글자라는 생각이 든다. 진정한 위로는 곁에 있는 것이다. 몸의 곁이 안 되면 마음의 곁에라도 같이 있어 주는 것이다. 있어 주는 것도 틀린 말이다. 같이 있는 것이다. 무엇을 해주는 것이 동질의 나를 너와 공존

하게 느끼는 것을 위로라고 말할 수 있을 것이다. 시인의
경륜이 눈에 선하게 보인다. 때론 아무것도 아니라고 생
각한 것이 가장 큰 진리가 됨을 배우게 된다.

　없는 것이 없다 넉넉히 우주다
　먼저 되고 나중 되고 나중 되고 먼저 된 것들

　창조적 공격과 능동적 언어는 뭍의 바다를 통과하는 중
이다 설령 없던 것이 태어나도 처음이라는 말은 쓰지 않는
다 반복적이고 입체적인 내일이 오늘이듯이

　보기에 좋았다

　간혹 항로를 이탈한 별은 죽지만
　수시로 비우고 채우는 우주의 뒷면은
　같은 것이 다른 것으로 정돈된다

　사악은 유언이 불시착한 에덴의 변방
　음영의 굴곡이 짙을수록 퇴장은 흔한 일
　생각보다 빠른 속도로 초기화되고
　겹이 아니면 없을 것도 아니다

　꼿꼿이 수작업인 명장의 밑그림
　시종始終, 행간을 펼쳐 경영이 운영된다

—「유폐」부분

영원도 차례에
—「서재를 베끼다」전문

가령, 가장 낮은 자세에서 하늘을 보면 하늘과 멀어진다고 생각할 때가 있다. 아니다. 오히려 가장 낮은 자세에서 보는 하늘은 더 넓고 깊고 더 푸르게 보이는 법이다. "보기에 좋았다"라는 말은 성경의 말씀이다. 성경을 배제하고 사람의 경지에서 다시 생각해 본다. 보기에 좋으면 된 것이다. 어떤 종류의 감각이든 사물이든 현상이든 내 보기에 좋았으면 그뿐이다.

내가 보기에 좋았으면 타인의 눈에도 좋게 보이는 것이 인지상정일 것이다. 아닌 경우도 존재하지만 대개 좋은 느낌이란 공유와 울림이라는 전제를 하고 있기 때문이다. 시인이 작품에서 말하는 서재는 온갖 책의 보고인 서재도 서재지만 세상 만물의 이치가 존재하는 곳도 서재이며, 우주와 하늘도 서재이다. 그 속에는 우리가 측량 못할 단위의 별이 살아 있으며 그 음영의 어딘가에 또 다른 별의 무리가 보기에 좋았다고 말하는 별이 존재할 것이다. 먼저 되고 나중 되고 나중 되고 먼저 된 것의 순서는 중요하지 않다. 그 의미와 진리가 가득한 서재를 베끼는 것, 서재라고 보는 것, 서재에서 사유의 깊이를 늘리는 것이 중요한 것이다. 시인은 본문 속에서 /사악은 유언이 불시착한 에덴의 변방/이라는 말을 한다. 매우 중요한 말이다. 간사하고 악독한 것은 절대자의 유언이 불시착한 에덴의 변방이다. 그곳에 존재하는 것은 사악을 견뎌내는 극렬한 생명력, 견뎌내며 경쟁하는 Ego적인 존재만 가득한 곳이다. 사람이 사는 세상은 이타적인 배려와 보기에 좋았다는 선한 영향력의 말이 운행되는 곳이다.

수작업, 명장의 밑그림, 시종 행간을 펼쳐 경영이 운영된다는 말은 섭리라고 해석하면 좋을 것이다. 자연계를 지배하고 있는 원리와 법칙 혹은 세상과 우주 만물을 다스리는 하느님의 뜻을 섭리라고 한다. 행간이라는 복잡한 세상의 운행을 경영으로 운영하는 것. 그것에 순종하고 그 서재 속에서 나를 성찰하는 일, 그 모든 것이 넉넉한 우주라는 시인의 말로 대변하고 있다. 시인의 머무는 서재를 훔쳐보고 싶다. 몰래 찾아가 섭리를 설파하는 묵음의 고백을 듣고 싶어진다. 말보다 중요한 것은 묵음이다. 행동이며 실천이며 지긋한 눈의 시울이다. 그 한편에 묵묵하게 세상을 바라보는 송병호 시인의 가슴이 온통 지혜롭다. 본문의 말처럼 간혹 항로를 이탈한 별은 죽지만 수시로 채우고 비우는 우주의 뒷면은 같은 것이 다른 것으로 정돈될 것이다. 절창이다.

벚나무 옹이에 발톱이 낀 쓰름매미

쓰름 쓰름 서럽게도 운다

긴 장마에 여름 같지 않은 여름
연주회는 이제 시작인데
입추지절 헐렁한 객석은 표정이 없다

일곱 해에 도달한 외계는 낯선 섬
그도 고작 두어 달 남짓, 서럽겠다

나는 어느 때는 혼자였다
소리 내 울 때도 있었다

느낌이란 볼 수 없어도 보인다
바위 같은 중심이 기울 때
하늘 같던 우리가 한순간에 무너질 때

자존심이 막장을 칠 때
　　―「문득 타인」 전문

　매미가 허물을 벗기까지 7년의 세월을 인내하고 땅속에
서 살다 겨우 두어 달 남짓, 세상을 비행하다, 맘껏 울다,
간다. 사람은? 사람의 나이 기준이 아닌 우주의 운행을
기준으로 생각하면 우리 역시 매미와 별반 다를 바 없다.
고작 백 년이란 시간은 40억 년이 넘는 지구의 시간에 비

례하면, 우주에 수많이 반짝이는 별들의 개수에 비례하면, 행성과 행성 간의 거리에 비례하면, 우리는 문득 내게서 타인이 된다.

"나는 어느 때는 혼자였다/ 소리 내 울 때도 있었다" 어쩌면 언제나 혼자였는지 모른다. 어쩌면 자주 소리 내 울 때도 있었는지 모른다. 다만, 인정하고 싶지 않을 뿐일지도 모른다. 군중 속의 아우성, 광장, 사람들, 이 모든 것이 허상일지도 모른다. 눈만 감으면 사라지는 또 하나의 꿈속, 그 꿈의 인셉션Inception의 세상인지도 모른다. 타인이라는 말이 중한 것은 관계에서 나에게서 가족에게서 느껴지는 고독의 무게는 제각각 다르겠지만 결국 나는 혼자라는 것을 알게 된다. 하지만 그 결국이라는 것의 시선의 끝에는 지나친 에고이즘이 자리하고 있다. 사는 내내 타인이 아니고, 사는 내내 내게서 내가 이방인이 아니고 사는 내내, 당신에게서 내가 타인이 아니듯, '문득'의 범주 속 타인이라는 말이다. 그런 때조차 타인에서 벗어나라고 시인은 말하고 있다. 잠시의 고통이라고, 잠시의 울음이라고, 나도 그랬었다고, 우리는 영원한 타인이 아니라고 말하는 것이다. 그런 시인의 배려가 가을을 새롭게 편집하지 않도록 유도한다. 가을은 가을답게, 소리 내 울어도 좋은 가을이라고, 혼자라고 오롯이 앉아있어도, 빈칸의 어느 구석에서 그저 가만히 앉아있어도 당신은 내게서 타인이 아니라고 시인의 속삭임이 들리는 듯하다.

시편 「문득 타인」은 아련한 아픔이 있다. 매미가 허물을 벗기까지 7년의 세월을 인내하고 땅속에서 살다 겨우 두어 달 남짓, 세상을 비행하다, 맘껏 울다, 간다. 사람은? 사람의 나이 기준이 아닌 우주의 운행을 기준으로 생각하면 우리 역시 매미와 별반 다를 바 없다. 고작 백 년이란 시간은 40억 년이 넘는 지구의 시간에 비례하면, 우주에 수많이 반짝이는 별들의 개수에 비례하면, 행성과 행성 간의 거리에 비례하면, 우리는 문득 내게서 타인이 된다.

송병호 시인의 작품 곳곳에서 만날 수 있는 것은 사람 냄새다. 좌우로 이념이 치우친 것이 아닌 중도의 중용을 아는 정직한 사람 냄새다. 시 세계를 논하기 전에 생각할 것이 바로 그런 점들이다. 그래야 시인을 제대로 알고 볼 수 있는 것이다. 글이 아닌, 글 속의 송병호 시인을.

끝으로 『가령 무제의 입장에서』를 다시 한번 되새겨 본다. 시집 제목이 깊다. 우렁한 사유의 무게를 담지하고 있다. 무제의 입장이라는 말이 가슴을 헤집는다. 우린 과연 정확한 명칭이나 호칭을 부여하거나 부여받고 사는 것일까? 제목을 붙일 수 있는 것이 제목을 붙일 수 없는 것과의 결계를 만들고 있는 것은 아닌지 이 가을의 너른 벌판에서 차 한잔 우려내며 곰곰이 생각해 볼 문제인 것 같다. 시문학은 감성의 문학이며 감수성의 행간이며 관계의 버팀목이 되어야 한다. 더 큰 것보다 더 작은 것을 볼 줄

아는 시인의 시선이 필요한 요즘 시대다. 곳곳이 병목화된 채로 신음하고 있다. 마른 계절로 만드는 것은 사람의 가슴일지도 모른다. 사랑하고 이해하며 용서하며 산다는 것은 대단히 쉬운 말이다. 대단히 쉬운 말일수록 실천하기 힘들다. 송병호 시인의 시집에서 배울 점이 그것이다. 대단히 쉬운 것에 대한 배움이다. 문장 주의에 의존할수록 시는 낮은 자세에서 하늘을 보는 것이 아니라 높은 곳에서 하늘을 보는 것이다. 동등은 동질이며 같은 질량의 무게를 가진 천칭 저울이 될 때 완벽한 수평을 이루게 된다. 이 좋은 계절에 발간하는 송병호 시인의 네 번째 시집 『가령 무제의 입장에서』를 읽다 보면 알게 된다. 당신의 시선이 나와 별반 다르지 않다는 것을. 경륜에서 비롯된 깨우침이 완고한 독백보다 더 곡진한 묵음이라는 것임을…♣

해설

『괄호는 다음을 예약한다』

미완이라 부를 수 있는 '다음'

김학중(시인)

　말씀-로고스-이 우리가 사는 세계 창조의 근간인
한, 바깥은 이미 존재하지 않는다. 그것은 우리의 내부
interior에 깊숙이 새겨졌다. 말씀은 우리의 살과 피로 육
화되었고 우리의 행위를 통해 나타난다. 때문에 말씀은
육화 그 자체로 우리의 길이 될 수 있는 것이다. 문제는
이 모든 것이 내부성을 기반으로 이뤄진다는 것이다. 내
부성은 우리에게 비가시적이다. 우리의 살은 우리에게 아
무것도 보여주지 않는다. 우리가 실존하는 동안에 이 내
부성으로부터 항상 눈멀어 있다. 살고 있는 지금 여기의
삶에 늘 눈멀어 있듯이 말이다. 현재는 우리가 살과 피로
행위하며 느끼는 시공간이다. 우리 앞에 나타나는 현재를
즉각적으로 감각한다. 그럼에도 그 현재성이 지금 우리에
게 어떤 의미인지 인식하지 못한다. 현재의 효과를 사후
적으로만 알 뿐이다. 때문에 현재 그 자체에 대해서는 아
무것도 아는 것이 없다. 현재는 우리에게 비밀처럼 다가

온다.

말씀과 언어의 문제는 그것이 시적 언어의 나타남이 지닌 근본적 차원이라는 점에서 시인이라면 누구나 관심을 가질 영역의 것이다. 그러나 말씀과 언어 사이의 탈구된 지평에 대해 탐구해 들어가는 시인은 흔하지 않다. 언어에 대한 지독한 질문과 의심으로 언어의 불완전을 드러내면서 동시에 그러한 불완전에 의지하는 시적 탐구를 수행하고, 그로 인해서 말씀 그 자체의 나타남의 가능성—지연된 다음의 지평에서 사후적으로 나타날지라도—을 열어두려고 시도하는 것이라면 더더욱 그렇다. 이번에 세 번째 시집을 묶는 송병호 시인의 시적 여정은 이러한 지평에 놓여 있다. 그런 점에서 그가 이 시집에 그려 놓은 시적 사유의 여정은 주목할 만한 가치가 있다.

시인은 《예술세계》, 《국민일보》 신춘문예 밀알 당선으로 등단하여 시집 『궁핍의 자유』(문학의 전당, 2015), 『환유의 법칙』(시산맥사, 2019)을 출간하였다. 김포문학상과 중봉조헌문학상 그리고 강원일보에서 주최한 DMZ문학상을 수상하기도 하였다. 그는 정병근 시인이 첫 번째 시집 추천글에서 언급한 바 있듯이 "'말씀 밖의 말'을 찾아 보듬는" 작업을 해왔다. 첫 시집에서는 우선 가족사의 아픈 장면들을 보듬는 것에서 나아가 계절의 풍경이 남긴 그늘을 보듬거나 지나간 시간에 대한 아쉬움을 다독이는 것으로 펼쳐졌다. 두 번째 시집에서도 그러한 시적 여정은 지속된다. 이번 신작 시집에서는 이러한 시적 사유에서 한발 더 나아가 말씀과 언어 사이의 탈구된 관계, 시적 언어의 완성 불가능성에 대해서 탐구한다. 이러한 시의 변화를 읽어내려면 그가 언어를 어떤 지평에서 사유하는지 먼저 살펴야 할 필요가 있다. 이제 시집에 실린 시들을 살펴보면서 그에 대해 짚어보도록 하자.

「괄호는 다음을 예약한다」에서처럼 낯선 것은 낙하와 다르지 않다. 시인은 그렇게 노래하면서 시의 초반부를 열고 있다. 분명 자신이 서 있는 자리는 몇 번이고 오간 자리고 분명 익숙해야 할 자리이지만 이상하게도 낯설다. 그것은 오랜 시간을 경유한 후에도 다시 찾아온 감각이다. "황무지에 싹을 틔운 30여 년"이란 시간성은 그렇게 의미를 갖는다. 그러니까 주체가 낙하의 감각으로 획득한 것은 시간의 낙차이다. 그것은 괴리감이라고도 할수 있다. 주체가 삶에서 늘 "이방인"이었고 "선언적 외길"이었다고 말하는 이유는 이 낙차가 근본적으로 환기하는 괴리감의 한 형태이다. 그리고 이 감각은 주체에게 빈 공간을 가리킨다. 그 공간은 "카드 한 장"의 공간이다. 이 공간은 "괄호"로 대치되는 공간이다. 그 공간에는 분명 "감사했습니다"와 함께 무언가를 초대하는 초청의 의미가 담겨 있지만 그 초대의 의미는 다음을 가리킨다는 점에서 빈 공간인 채로 주어진다. 이렇게 마주하게 되는 괴리감은 도대체 왜 발생하는가? 그것은 다름 아니라 언어 때문이다. 초청과 초대의 의미를 함축해야 할 "감사했습

니다"에는 그 초대를 받는 사람이 살아낸 시간성과 구체
적 삶의 형상은 결여하고 있다.

문제는 언어가 여전히 불완전성과 불확실성을 내재하
고 있다고 할지라도 놀랍게도 미완이라는 것이다. "말씀
을 습득하지 못한 미완의 언어일까"(「인연은 그냥 인연이었으
면 좋겠다」)라는 진술에서 우리는 이를 유추할 수 있는데,
바로 이 미완의 차원이 아직 언어에게 가능성을 열어두고
있다는 점이다. 이러한 언어의 가능성은 그의 시에서 나
타나는 사물들에서 그 특성을 더욱 발하고 있다. 이를테
면 "여전히 정미精米 중인 낱알"(「행성의 은유」)과 같은 표현
이나 "고독이 장고를 껴안은 패의 말은 몇 도의 균형으로
공전하는 것일까?"(「패覇」)에서처럼 아직 발굴되지 않은 언
어라는 가능성이 나타나고 있는 것이다. 그래서 주체는
"첫울음이 시동詩動을 거는 태의 궁전/ 홑은 말들로 환하
다"(「고치와 애벌레의 궁전」)와 같이 언어의 첫울음을 찾기 위
해 시적 사유를 추동하고자 한다. 주체가 이미 말씀과 멸
어진 말의 탈구성에도 불구하고 "새 언어를 캐 詩집을 지
어야겠다"(「사유가 속독으로 읽히는 것에 대하여」)는 다짐을 선
언하게 되는 이유는 바로 여기에 있다.

차용하거나 임대한 어휘는 주목받지 못했다
언제 사라질지 모를 반응을 살피며
비슷한 모양에 덧대 써보지만

대부분 도로다 따로따로 읽힌 오독 때문이다

눈썹에 내려앉은 달빛만으로도 시가 되고
별 하나로 연서의 문양을 새겼던 낭만이나
음유를 멋삼던 선비의 붓끝 서정은
종간된 잡지표지모델처럼 잊힌지 오래
같으나 같지 않은 미로의 관을 순환하는 동안
얼룩의 터널을 지나야 했다

말하기 좋아하는 객석의 과묵한 폭로가
대나무 소리 구멍을 뚫어
타성을 연주하라고 주문하지만
언어라는 것이 어디로 튈지, 오판을 안고 있듯이
점자만 따라가다 짚어보지도 못하고 자기를 버린
청상의 사랑고백이라고 할까
혹은 황무지를 일궈 문장을 캐는 기인이라고 할까
그늘을 좇는 햇볕은 그대로인데
영역을 넓히는 볕의 습관은 서걱거리는 혀 같아서
잇속을 헹굴 때마다 생긴 간격은 더 벌어진다

종종 지갑 속에 숨긴 문장을 들킨 적이 있다
누구를 보고 누구를 말하는 것인지
신의 말씀을 접목한 비유가 아니고서야
굳이 난해한 질문은 오답을 종용한다

늦여름 태풍에 유산된 낙과의 의도와는 달리
재해석된 사생아

마침내 비수에 꽂힌 숨통을 퇴고한다
갑자기 순기능을 잃어버린 멍멍한 말 줄임
골똘히 암호문 짝짓기

조금씩 멀어지는 마침표를 읽는다
　　　　　―「언어를 캐다」 전문

　수박이 달다고 참외는 안 달까? 하는 식으로 생각하는 시인이 있어. 내 친구야 한때 부연 연기를 뒤집어쓰고 데모하다 홀연 신춘문예 당선에 이름을 올린 그야말로 있어 보이는 그런 시인이야. 비 오는 날 달달한 믹스커피 같은 시 한 수 지어보려고 인생을 고민한 거지 담배 연기 어수선한 선술집도 가보고 밤늦도록 인숙이네 근처를 기웃거려도 보고 영자의 전성시대 간판이 대롱거리는 다방에도 가보고 한 번은 경포 앞바다에 갔다가 얼어 죽는 줄 알았다나

　행을 끊고 연을 나누고 점을 찍어 봐도 도대체 시가 되지 않는 거야. 숲이 이슬을 모아 강을 만드는 것처럼 공복에 쓰린 속을 참고 괄호 안 여백을 사유하는 것처럼 암호문 짝 찾기식 혹은 귀신에 홀린 듯 그런 수상한 문

장 말고 누구나 낭송하는 가슴 따뜻한 세상 이야기

모자이크가 기이 보일지 몰라도 조립식 그림일 뿐 朝三에
暮四 무청은 시래기도 아닌데 수박이 달다고 참외가 안 달
겠느냐는 식으로 설사 그렇게도 시가 될지 몰라도 서정시
라고 그냥저냥 지당한 말씀이 아니거든

침대가 밤마다 저 혼자 외출을 꿈꾸는지
알까나 몰라
──「시詩답잖은 시론詩論」 전문

이 시집의 주제의식을 응축하고 있는 이 시는 행위로써
의 시쓰기를 시답잖다고 한다. 그러한 표현은 겸양으로
읽힌다. 여기에 나타나는 시적 행위에 대한 주체의 관심
때문이다. 1연에서 주체는 자신의 친구인 시인에 대해 얘
기한다. 이 얘기에서 주목해야 하는 것은 친구가 "그야말
로 있어 보이는 그런 시인"이 된 이야기가 아니다. 그 친
구의 실패에 주목하는 주체의 시선이다. "담배 연기 어수
선한 선술집도 가보고 밤늦도록 인숙이네 근처를 기웃거
려도 보고 영자의 전성시대 간판이 대롱거리는 다방에도
가보고 한 번은 경포 앞바다에 갔다가 얼어 죽는 줄 알
았다"는 이야기를 들려주면서 주체는 은근히 이 행위가
실패라는 것을 환기한다. 그 실패의 지점에 놓여 있는 것
이 "인생"인 것은 의심할 여지가 없다. 주체는 이미 우리

가 현재에 눈먼 존재임을 알고 있다. 현재를 현재로 보는 것은 우리에게 불가능하기 때문에 우리는 현재를 행위를 통해서 경험하게 된다. 시 쓰기의 프락시스는 이러한 행위들을 통해서, 무엇보다 새로운 행위를 통해서 시적 가능성을 확보할 수 있게 된다.

2연에서는 행위를 통해서 경험적 차원에 열린 가능성을 새로운 언어 캐기로 이어가는 것을 노래한다. 이는 앞서 살펴보았듯이 시 쓰기의 실패를 시연하면서 아직 도달하지 못한 시적 가능성인 "누구나 낭송하는 가슴 따뜻한 세상 이야기"를 환기한다. 여기서는 "세상 이야기"로 표현되었지만 주체는 노래하는 "세상 이야기"를 통해 말이 말씀으로 운동해 나가는 그런 가능성이 모두에게 열리는 장면을 상상하도록 이끌고 있다.

물론 이러한 시 쓰기는 여전히 미완의 위기 앞에 놓여있으며 조삼모사의 말장난식 암호문의 수준으로 낙하할 위기에 놓여 있다. 그러나 그러한 위기를 감내하고 새로운 행위 앞으로 나아가는 것을 멈추지 않을 때, 시는 현재 우리가 있는 지금 여기에 도래한다. 우리의 내부에 여전히 우리의 살과 피로 숨 쉬면서 역사하는 가능성을 가리키면서 말이다. "침대가 밤마다 저 혼자 외출을 꿈꾸는지/ 알까나 몰라"라는 마지막 연이 환기하는 것은 바로 이러한 불가능성을 통해서 열리는 시의 가능성을 노래하는 것이다. 그것은 이룰 수 없는 노래라 할지라도, 지금을 미완으로 연 채 미래로 다음을 열어둔다. 늘 새로운 시적 행위의 가능성을 열어놓음으로써 탈구된 말씀인 말이 우리의 내부를 가능성인 바깥으로 이어주는 지평을 연다.

지금까지 송병호 시인의 세 번째 시집 『괄호는 다음을 예약한다』를 살펴보았다. 말씀과 말에 기입된 탈구성을 끌어안고 우리의 내부에 육화되어 깃든 말씀을 우리 앞에 현시하기 위해 새로운 시적 행위인 프락시스로 시 쓰기를 이어가는 것이 이번 시집에서 그가 수행한 시적 성취임을 살펴보았다. 그것은 송병호의 시 세계에서 필연적이면서도 우연적인 행위였을 것이다. 그러나 그의 시가 지금 서 있는 지평은 시적 행위로써 끝없이 열렸기 때문에 나타난 것이며 시적 사유 내부에 기입한 계획이 될 수도 있다.

나타남이란 이렇듯 이중적이다. 그는 스스로 시인의 말에서 "어떤 단순한 우연도 어쩌면 하나님의 계획일 수 있다"고 말했다. 그 계획이 어떤 완성을 마주하게 될지는 아직 우리도 시인 스스로도 알 수 없다. 다만 미래로 마주하여 나가는 시적 언어가 언어의 탈구성을 벗어나 다시 말씀이 될 수 있다면 아마도 그것은 우리의 내적 가능성이 처음으로 새롭게 마주할 수 있는 마침표일 것이다. 거기에 시의 끝 또는 끝의 시가 있겠다. 그러한 시의 도래를 끝없이 지연시키면서 그 지연을 늘 현재의 노래로 나타나게 하는 일은 앞으로도 지난할 것이다. 그 시 쓰기를 시인은 끝까지 사랑하기를 바란다.

"관계를 펼쳐놓은 흙비에 젖은 안쪽/ 경經의 말씀이 소용되도록, 복음이 되도록/ 나는 죽어서 살아야 한다"(「빛의 호呼」, 밑줄 친 첫 페이지). 시는 그가 끝없이 다가가는 다음의 자리에서 은밀하고도 따뜻하게 그리고 늘 새로움으로 거듭나면서 '빛의 호'를 부를 것이다.♣

『궁핍의 자유』

위로(慰勞)와 위의(威儀) 사이
—시의 '가치'에 대한 재인식

백인덕(시인)

한 권의 시집(특히 첫 시집의 경우)을 시인(주체)이 자기 세계를 특징적으로 드러내기 위해 자의적으로 대상(객체)을 분할 또는 연합한 결과물이라고 이해할 수 있다면, 대부분의 경우 고향, 유년, (유아적) 상상 등을 포함하는 넓은 의미에서의 '가족' 이야기가 근저(根柢)를 이루게 된다. 왜냐하면 가족이란 불가피한 생물학적 요소일 뿐만 아니라 자아의식의 출발점이기도 하기 때문이다. 구조주의에 따르면 가족은 개인적으로 언어의 출발선이자 한계와 같은 역할은 한다. 또한 기억의 생성 및 저장 유형을 고려했을 때 역시 가족이 사건, 즉 역동적이고 생생한 기억의 장(場)으로서 가장 큰 부분을 담당한다. 물론 이에는 '아버지/어머니'처럼 선결 조건을 지칭하는 어휘가 더 중요한 비중을 차지하는데, 이는 상식적으로 '할아버지/할머니'나 '아버지/어머니' 없는 '나'는 존재할 수 없지만, '형제/자

식'은 불가피한 것이 아니기 때문이다. 따라서 앞의 어휘
들이 가족의 중심이며 기본 어휘가 된다. 송병호 시인의
경우도 같은 궤적을 보인다.

꽃이 앉아 있다

꽃은 꽃 저 닮은 꽃 그대로인데
내일 아침이면 사라지더라도
또 다른 꽃이 저 닮은 꽃 그대로
그 자리에 있을 것이다

침대 위에 인형이 누워있다
인형은 애써 사람을 닮았다

홀사랑 그리 크셨을까
새벽교회 무릎으로 기도하시던
권사님 우리 어머니
그녀가 지금
그분을 더 이상 아버지라 부르지 못하는
인형 닮은 사람이 되어 있다

영혼이 방전된 어둠의 그늘에서
깜깜한 기억이 스쳐 지나간,

시차의 잃어버린 시절을 좇아
긴
터널을 지나고 있다
―「치매」 전문

　가족은 만들어지지 않는다. 그것은 다만 발견될 뿐이
다. 생물학적 의미가 아니라 시적 의미에서는 그렇다. 생
의 전환점으로서는 알 수 없지만, 시적 계기로서 가족의
발견은 대부분 상실을 그 기점으로 한다. 이번 시집에도
이와 같은 측면이 여실히 드러난다. 시인은 「아버지」에서
"세상에서 가장 든든한 이름", "강철 같은 아버지"라고 믿
어왔지만 사실 아버지는 "매사 괜찮다고 말하지만 곤한
잠에 빠지고서야/ 고단함을 드러내고 마는" '유리잔' 같
은 존재일 뿐이다. 그는 작품에서 드러나는 아버지의 여
러 모습을 상기하지만, 정말로 시인이 아버지를 가족의
중심축으로 발견하게 되는 것은 "시린 손을 불어주시던/
아버지의 손은 이제 없다"는 사실을 뼈저리게 깨닫는 순
간이다.

　한 대상의 가시적 소멸은 남겨진 자들의 기억 속에서
더욱더 생생하게 살아날 수 있는 모순적 계기를 형성하기
도 한다. 그러나 육체적으로 살아 있으나 자꾸 기억이 휘
발되는 경우, 대표적으로 치매를 앓게 되는 경우는 그 본
인이나 주변인 모두에게 기억의 내용이 아니라 상실의 행

위 자체에 집중하게 한다. 이는 어려운 판단에 직면하게 한다는 말과 같다. '권사님 우리 어머니'는 지금, 아니 아직도 '꽃'이지만 지난날 "새벽교회/ 찬마루에 무릎 굽혀 기도하시던" 자식 사랑도 까맣게 잊고, 어쩌면 그보다 더 클 '그분', '아버지'를 "더 이상 아버지라/ 부르지 못하는 인형 닮은 사람"(「치매」)이 되어 있다. 이 또한 시적 화자에게는 되돌릴 수 없는 상실의 표지일 뿐이다.

송병호 시인은 이번 시집에서 시대와 세계에 대한 계기(繼起)적인 이해와 대응 양식의 일단을 보여준다. 주지의 사실이지만, 시란 일정 부분 주관성이 강조될 수밖에 없고, 언어 체계를 통과해서 소통될 수밖에 없기 때문에 실행 정도를 가늠하기 어렵고, 따라서 그 효용성을 의심받고 있는 것도 사실이다. 그럼에도 불구하고 시인은 개인적 상실로 인해 재발견한 가족의 의미, 어설프게 정의하자면 '위로(慰勞)'의 마음 자락과 손길이 세상 곳곳에 스며들기를 바라는 의지를 겸손하고 따뜻한 시각으로 풀어낸다.

송병호 시인은 자서에 "결국 삶이 한 줄 문장이라는 것을 이해할까 하는 나이에/ 이처럼 빛나는 시집을 선물" 받았다고 밝혔다. 값진 선물일수록 의미도 깊고 남다를 수밖에 없을 것이다. 절대자에게서 받은 선물은 그 자체로 크나큰 위로가 될 수 있을 것이다. 위로할 수 있는 마음은 자신이 긍휼(矜恤)한 존재임을 먼저 깨닫는 것이므로

아름다운 것이다. 오늘 역설적으로 이러한 심정의 발현은 시적 위의를 오히려 드높일 수도 있다는 생각이 든다.

내 성명으로 명성이 무슨 소용일까
눈 속에서 핀 장미를 보았는가
한낱 하루살이를 기억하는가
하늘이 있고 바람이 있고 볕이 있어
빈 들에서 벗은 몸이면 어떨까
잡초도 아닌 것이 민들레처럼
신작로 갓길에 홀로 선 것처럼 그런 기억까지도
살려내야 하는 언어의 기인
빈손으로는 너무 서러워서 채울 수 없는
상상이 상상하는 언어의 동산
정오의 그림자가 닿지 않은,
잡히지 않는 구름 사이로 하늘이 열릴 때
우산살 날빛 무지개 이야기
나는 외로움에 젖을 겨를이 없다
걸음의 경계를 자로 그을 수 없는 것처럼
문장을 닫아버릴 수 없는 것처럼
나는 침묵으로 말한다
—「무명 시인」 부분

시인은 이 작품을 통해 대단한 각오를 피력하고 있다.

"침묵으로 말한다", 그 정신이 앞으로의 시작을 비춰 줄 것임을 의심하지 않는다. 우리가 이 세상에 던져져 불안에 휩싸여 떨다가 자기(The Self)의 이름으로 분노를 쏟아내기도 하지만, 시적으로 우리는 자기가 정립한 가치에 대해 무한 책임을 져야 한다. 그것이 시의 위의(威儀)를 다시 시 안에 바로 세우는 길이다. 또한 송병호 시인이 가야만 할 길이다. 어쩌랴, 목회자의 길만큼이나 시인의 길도 고달프고 가련한 것을. 그의 용기에 찬사를 보내며 글을 맺는다.♣

해설

『환유의 법칙』

영원의 출구를 찾아가는 무언의 약속

문정영(시인)

우리의 목적지는 가까운 듯 멀고 안인 듯 바깥이다. 혼돈과 혼란일 때 다정히 사랑하며 측은히 여길 "신의 긍휼은 이제 없다"고 한다.

송병호 시인은 일상의 난관과 허무를 통해서 구체적인 희망의 공간, 나아가 신적 공간을 구축한다. 우리가 꿈꾸는 유토피아를 추구한다. 시는 곧 현실참여이고 그럼으로 문학 안에서도 새로운 질서의 세계가 재편되는 것이다.

시인은 마음으로는 울음을 터뜨리지만 그 울음을 걸러서 이성적, 객관적 감정의 절제로 대상을 표출해 낸다. 감정이 고도에 이르더라도 안으로 열하고 겉으로 적절하게 시적 언어를 이미지로 표현하고 있다. 시의 유일한 매개인은 언어이다. 단어와 단어의 특이한 결합에 의하여 언어의 향기를 빚어내는 능력을 송병호 시인은 가지고 있다.

시인의 이번 시집에는 '내 안에 있는 또 다른 나'를 찾아가는 길과 "무언의 약속을 신앙처럼 다짐"하면서 길 잃은 서로의 양이 되지 않기를 바라는 기도가 들어 있다. 사회의 부조리한 변방과 고독한 현대인들의 슬픔을 미학으로 전이시키는 송병호 시인은 누구인가?. 목회자로서 자아와 타자를 복원하고 "어둠은 잠들지 않는다 단지 꿈을 꿀 것이다"(「도시의 자화상」)에서처럼 시인은 결코 쾌락과 안일에 결탁하지 않는다. 나아가 진정성으로 언어를 완성한다.

송병호 시인의 이번 시집 속으로 걸어 들어가면 시인이 추구하는 세계가 네 가지 길로 나누어져 있다. 첫째는 내면의 정갈한 사유를 함축과 간결한 상징으로 드러낸 사유 깊은 서정의 세계이고 둘째는 아프고 지난한 삶을 살아가는 주변인과 사회의 부조리를 들여다본 눈길이다. 세 번째는 시인이 목회자로서 드러낸 종교에 대한 의미를 살피는 것이며 마지막으로는 시인이 함께 공유하는 가족에 대한 따뜻함과 그리움이다.

사회의 부조리와 변방을 다룬 송병호 시인의 시편들을 살펴본다. 「날마다 뛰어내리는 것에 대하여」에서 "느닷없이 뛰어내리는 것들이 있다// 은연중 명퇴를 종용당한 중년남자가/ 이력서 열두 장 안주머니에 품은 젊은이가/ 하루가 불확실한 수험생이/ 한 그루 사과나무가 무슨 의미냐고/ 부정했을 그들/ 하염없이 맨발바닥을 내려놓았다"

어둠의 세계를 X선이 투과하듯 그 안의 존재들을 투명하게 바라본다. 「변천사씨」에서는 취업난의 고통을 가진 이 시대 젊은이에게 진정한 희망의 메시지를 보낸다. 시로 현실을 바꿀 수는 없지만 언어를 통해 삶의 비루함에 햇살이 비추기를 꿈꾸는 작품으로는 「詩, 행간을 메워가는 필사」, 「한심하고 어설프고-자화상」, 「내 친구 安炳泰」 등이 있다.

시집 안의 시편 「해직근로자」에서 "말일만 되면 문 닫힌 공장, 공장 밖에서의 소외된 삶, '갑'이 가진 비양심적인 자본의 욕망과 비인간적인 양심 앞에 대항할 수 없는 폐허적이고 수동적일 수밖에 없는 삶"이 있다. 이러한 한계 상황은 허구적 상상력이 아닌 존재하는 현실이라는 점이다.

봄은 오는데 꽃은 저만치 홀로 피어도 아름다운데 그럼에도 날마다 하염없고 거친 칼바람이 우리의 목덜미를 낚아채서는 협곡 낭떠러지 앞에 세워 둔다. 안녕하지 못해서 뛰어내린다. 송병호 시인은 삶에 대해 질문을 던지는 것이 아니라 근본적인 해답을 찾고 있다. 누군가에게는 한 조각 신선한 빵이 절대적이고, 누군가에게는 일상이 괴물이기도 하고, 죽음 앞에 서 있는 다른 누군가에게는 산자의 먹고사는 모순된 상황조차 아름다움이 될 수 있다. 가혹한 아픔, 존재의 극한, 관계와 관계의 비명, 절룩거리는 생각들 앞에서 문은 열리고 별이 총총한 하늘이 있다고 근원으로의 본질을 말하는 송병호 시인이다.

송병호 시인은 시인이기 전에 목회자로서 세상 바라보기를 했다. 궁휼한 것들에 대한 자비의 눈길을 들어 "각막의 어둠이 눈을 밝"힐 때 "꽃을 피우는 화단의 관리자"가 된 것입니다. 그러나 시인으로서의 자질은 늘 기도하는 두 손에 가득 피어나는 것이라서 "날개를 흔들어 색동화음을 만들고/ 詩꽃 향기 그득한 정원에서/ 꿀을 핥고 화분을 따다 꽃방을 차"린 것이다.

목회자가 이성적이라면 시인은 감성적인 존재이다. 그러나 시인이면서 목회자인 저자는 이 두 가지의 내면을 공유한다. 「신의 은총」이라는 작품에서 보면 1, 2연의 "하루살이"와 "기도하는 남자"는 세상의 고통을 이성적으로 받아 안고 있으나 3연에서 시인의 감성은 여지없이 "Amazing grace" 읊고 있는 "바이올린의 높은음자리"를 발견해 낸다. 이 얼마나 적절한 교감인가.

달빛 어둑한 고샅길
전깃줄의 살붙이
보안등 불빛은
하루살이 마지막 성전이다

거기 구푸리고 기도하는 남자

폭포수 쏟아내듯
썩은 근육을 털어낸다

어디, 창문 너머
바이올린의 높은음자리
Amazing grace
읊고 있다
—「신의 은총」 전문

　"나들이옷을 입고 시제가 될 때/ 가장 빛났"(「나비」)다고
말하는 시인은 한 마리 나비이다. 그러나 목회자로서 시
인은 나비로만 빛나지 않는다. 길을 묻는 자에게 길을 안
내하고 가르치는 존재로 탈바꿈하여 "길을 가르치던 신
부나/ 길을 묻는 여인이나/ 길 잃은 양이 아니기를 기도
한다"(「길을 묻다」). 또한 「유폐」에서 보듯이 시인의 사유와
고뇌는 목회자로서의 사유와 고뇌로도 연결된다. "어둠에
속한 어둠이 환한/ 박물관에 앉아 아랫도리만 조명된 조
각처럼/ 나는 허리 잘린 어둠이"라고 자아를 들여다보는
통찰력은 그가 천생 시인이라는 바탕에 둔 자각이다. 설
교가 직접적인 설득력에 진정성을 둔다면 시는 직접 드러
내지 않고 문장 안에 감추어진 기의를 찾는 것이다. "주
기도문을 되"뇌며 "말씀의 행간을 엿"보는 목회자는 다시
"태어난 곳을 잊어버린 바람이나 나는/ 본래 고아였을지
도 모"르는 시인의 눈길로 돌아온다.

다시 시인은 시의 가장 근간이 되는 가족의 깊은 시간으로 간다. 어머니와 아버지 그리고 아내의 모습에서 지난한 시간들을 반추하고 거기서 인간애를 느끼게 한다. "저녁식단을 다듬다/ 짧은 햇볕을 서둘러 쓸고 있"는 아내의 모습은 "한 생을 소비해서라도 가꿔야 할 정원"(「休, 잉여의 시간」)인 것이다.

특히 「어머니」에서 어머니는 시의 영원한 테마이다. 송병호 시인 또한 어머니는 "눈썹에 내리자마자 녹아버리는 첫눈처럼 태어나자마자 자기를 버린 새순처럼 덧없을 것도 당신은 내 삶의 초연한 사랑바보"라고 말할 수 있는 대상이다. "자식 사랑 그리 크셨을까 새벽 마루/ 무릎 굽혀 기도하시던 권사님"(「치매」)이신 어머니는 "시차의 잃어버린 시절을 좇아/ 긴/ 터널을 지"난 지금은 부재중이다.

또한 윤동주 시인 탄생 100주년에 쓴 "오래전 부친 편지가 이제 도착한 것일 테다/ 시인의 노숙일지 100년"이나 5·18 묘역에서 쓴 "그해 오월은 무던히도 춥고 어두웠"던 날들을 들여다본 시인의 시대정신도 사랑한다. 시인은 어둡고 차가운 것들에서 따뜻하고 웃음기 있는 세상을 끌어낸다.

이번 송병호 시집 『환유의 법칙』은 다양한 소재를 통하여 오래전에 담근 술에서 나는 향기처럼 읽을거리가 가득

하다. 한 편 한 편을 따로따로 읽거나 몇 편을 연결해서 읽어도 그 맛이 다르게 다가온다. 이번 시집을 통하여 시인은 시인으로서의 한 정점에 가닿았다고 본다. 문장의 감각과 사유의 깊이에서도 충분히 좋은 시집으로 평가될 것이라 여긴다. 송병호 시인의 다음 시집이 기대되는 이유이기도 하다.♣

시평

「외눈 밖의 섬」

몰아沒我, 다시 경로를 탐색하다

박성현(시인·문학박사)

　지구는 한 방향으로 외눈이다 외눈의 시야는 편협에 가까워서 겹겹이 베껴 쓴 사막의 모래층, 해독이 난해한 달필의 메모지 같다 태양이 해바라기의 길벗인 것도 손등과 손금의 고독한 연대일 뿐 항상 제자리인 나선형의 경로를 표절한 시간적 궤적을 추적해 보지만 모로 누운 섬의 정원은 점점 황폐해져간다

　시차를 달리하는 다변적 달과는 달리 녹슨 흙비에 젖은 외눈의 가시거리 안팎 , 빛의 농도는 근시안적 착시로 가파른 해안선 모서리 말리듯 사막을 횡단하는 오아시스의 민낯 같아서 황급히 늙어가는 목주름처럼 수분이 말라버린 미라의 전설일 뿐

　테이블 위에 놓인 탄소중립
　불가능을 먹고 사는 인공지능 긴급 처방에도
　굴뚝의 원성은 지혈을 멈출 재간이 없다

문득 어렵사리 홍해를 가로지른
히브리 백성들 어디에 불을 댕겨야 할지
가나안은 부재중인데
　―「외눈 밖의 섬」 전문

송병호 시인은 인류의 기원인 '지구'를 "한 방향으로 외눈"으로 비유한다. 고대 그리스 신화에 종종 등장하는 외눈박이 거인 키클롭스와 묘하게도 닮았다. 그도 그럴 것이 그의 관점에서 지구는 "편협에 가까워서 겹겹이 베껴쓴 사막의 모래층, 해독이 난해한 달필의 메모지"와 같다.

태양이 해바라기와의 유사성을 강조하면서 '길벗'이라 아무리 강조해도, 그것은 결코 대칭되지 않는 "손등과 손금의 고독한 연대"이다. 시간의 궤적을 추적하는 것도 무의미에 가깝다. 외눈의 지구는 이미 궤도를 벗어나지 못한 채 46억 년을 한 방향으로 맴돌았고 앞으로도 그럴 것이기 때문이다. 태양이 폭발하지 않는 한 유한자에게 그 시간은 영겁이고 무한이다.

반면, 항상 외통에 몰리는 지구와는 달리 달은 시차를 달리하면서 끊임없이 모양을 바꾼다. 스스로 이미지를 생성한다고 봐도 무방할 정도다. 달이 그 자체로 신비한 이유는 다변의 표정 때문이다. 대낮에도 나타나고 어느 날은 팽팽하게 부풀었다가 또 어느 날은 갈고리처럼 기울어진 채 허공을 꿰맬 때도 있다. 샛노란 구체는 수많은 주름을 가지고 있으며 순간순간 다양한 의미들을 포획한다. 이른바 달은 의미의 다양체다.

　시인은 잠시 외눈을 향한 마음의 높이를 지우기로 한다. 지구의 입장으로 세계를 본다는 것 자체가 하나의 거대한 '에포케'가 되지 않을까. 하지만 쉽지 않다. 이것은 신의 눈을 가진다는 것과 동일하다. 그래서인지 그는 매번 해무에 갇힌 등대처럼 "흙비에 젖은 외눈의 가시거리"에 맞닥뜨린다. 시계 제로에 가까운 눈이다. 여기서 '빛의 농도'는 무기력해지는바, 차라리 "수분이 말라버린 미라의 전설"을 읽는 듯한 이 '근시안적 착시'가 외눈의 절대적 실존임을, 그래서 지구는 자신을 제외한 체내의 그 어떤 사물도 영원으로서 정립하지 못했음을 인정하는 것은 어떨까.

　이러한 '입장-의-전환'에도 불구하고 외눈박이 지구는 불편한 운행을 멈추지 않는다. 아니다. 다시 말하자. 인간은 오로지 인간의 포지션에서 지구를 포획하고 있을 뿐인바, 어쩌면 지구는 인간에 대해 지나칠 만큼 무관심한 것일지 모른다. 자기 외에는 도무지 시야에 두지 않는데, 그것은 마치 바다가 하나의 모래 알갱이가 들고나는 데에 의미를 두지 않는 것과 같다.

물론 그 모래가 바다를 오염시킬 수도 있다. 탄소중립은 절실하고 빙하는 복구되어야 한다. 그럼에도 불구하고 "굴뚝의 원성은 지혈을 멈출 재간"은 없어 보인다. 인간의 이기利己와 탐욕이 오히려 외곬이다. 외눈이고 편협이다. 때문에 인간이 한 명도 남지 않고 모조리 증발한다해도 지구는 애도하지 않을 것이며 그 영겁의 운행 또한 멈추지 않을 것이다.

지구의 시선은 항상 우리가 상상할 수 없을 만큼의 먼 우주로 향한다. 그것이 지구의 마음이다. 인간과는 다른 마음 그 자체의 순수함이다. 이러한 상황을 통해 시인은 스스로에게 엄중히 경고한다. "어렵사리 홍해를 가로지른/ 히브리 백성들"은 "어디에 불을 댕겨야 할지" 갈피를 잡지 못하고 있다. 왜냐하면, '인간'이 '가나안'으로 명명한 지구는 허상으로서 상시 부재중이기 때문이다.♣ 출처: 계간《문예바다》2024 가을호